미이라 사육법

How to keep a mummy

Kakeru Utsugi Presents

1

우츠기 카케루 지음

어기적

Contents

제1화 소포 속 물건

띵동

안녕하세요, 패랭이꽃 택배에서 왔습니다!

카시와기 소라 님 앞으로 소포가 왔네요.

고맙습니다.

물건 여기 있습니다.

웃차!

뭐가 이렇게 커!!

쿵

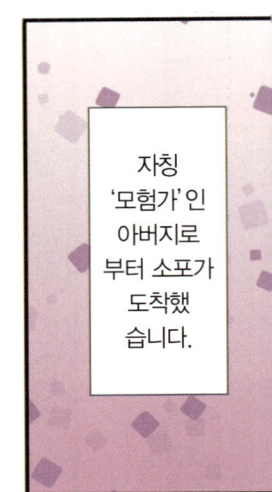

자칭
'모험가'인
아버지로
부터 소포가
도착했
습니다.

건강히
잘 계시고
있겠지!

그보다
이번 편지는
엄청
두껍네….

묵직

소포
안에는
편지가
들어 있었
습니다.

무슨 일
있는 줄
알았
잖아~!

3개월
동안
아무
연락도
없으시
더니…!

거기에서 정말
재미있는
미이라를
발견했단다.

실은
아빠가
지금
이집트에
있는데

잘
지내고
있지?
소라야.

헬로~
사랑하는
우리 아들
알러뷰~♡

팔랑

6

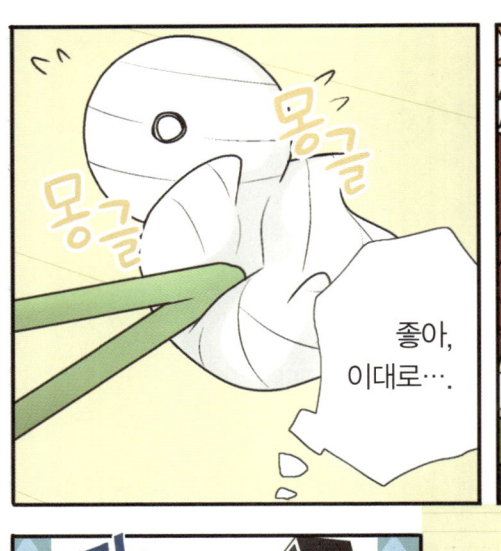

몽글
몽글
몽글

좋아,
이대로….

우아!
부드러워.

몽글
몽글

아으

아으으

탁

이대로
이집트로
돌려
보내자.

응?

태
탱
탱
탱
퐁

흥건~

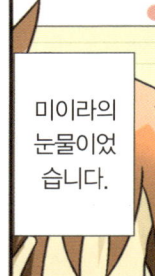

미이라의
눈물이었
습니다.

뭔가
나왔다!

노크

12

푸욱

음…

그치만 너한텐 너무 힘든 일일 텐데.

사이즈가 아무래도….

제2화 꼭 여기 있고 싶어

미이라가 '집안일을 하겠다' 라고 말했습니다.

쭈우…욱

부들 부들 부들

글썽 글썽

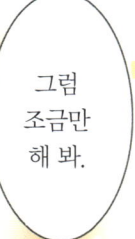

그럼 조금만 해 봐.

알았어, 알았어.

쭈욱…

작지만 크게 보이고 싶어 함

울쩍

오!

지금까지 알아낸 정보를 적어 보내마. 무언가 도움이 되었음 좋겠구나.

떨 럭

종족 : 미이라목 미이라과의 미이라

특징 : 작음

주의 : 붕대는 풀면 안 된다.

에쳐...

정체를 알면 안심할 수 있을지도.

다행이다... 아버지치곤 이번엔 제법 정성이...

미이라라는 것 말고는 아무것도 모르겠음!!

저... 정성이...?

아…
개랑 미이라를
같이 키워도
싸우거나 하지는
않겠지…?

쿠웅…

착하지,
착하지.
많이 아팠
구나.

털썩

…으

…으

파닥

파닥

와왈

부들…

아, 그리고
미이라 먹이도
생각해 봐야
하는데….

부들
부들

와왈

기다려,
포치. 지금
생각 중이
니까.

아…

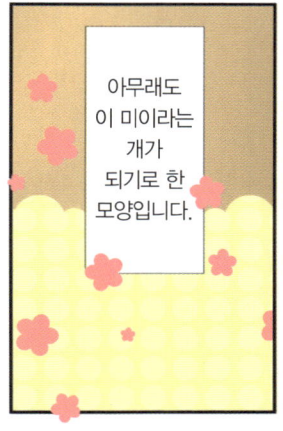

아무래도
이 미이라는
개가
되기로 한
모양입니다.

?!

와

헉

그…,

이름…

괜찮아?
자, 어서
내려와.

콜록
콜록

미이 군.

정말로
떨어지면
큰일
이잖아.

그렇지?
어서
내려와.

이름
↓
미이 군
↓
이름을 지어 주었다
↓ 즉
여기 있어도 좋다는 증거

사륵

부비 부비

총총
총총
총총
찰싹
!

그렇게
이 이름이
마음에 든
거야…?!

그…

부비
부비

왈

제법
귀엽잖아
….

으윽…
뭐야….

허둥 지둥

어쩌지.

컵은 너무 크고, 젤리 용기도 좀 큰 거 같고….

우선 물을….

쿨럭

너무 짖어서 목이 아픈 것 같았 습니다.

접시는 무거워서 들지 못할 거고.

미이 군, 물이야.

기다리게 해서 미안~

콜록

무언가 들어 있던 컵

아주 가벼움

콜록 콜록

괜찮 니?

이상한 데 들어간 거 아니지?

더 젖잖아 …!!

질질~

그렇구나, 가장자리가 넓어서 젖는 거구나.

이 부분

뭔가 다른 좋은 게….

꿀꺽 꿀꺽

뭐든 버리지 않고 놔두면 다 쓸데가 있다니까!

이것저것 다 시험해 봄 →

이젠 페트병 뚜껑은 버릴 수 없게 되었어요.

맛있는 녹차

꿀꺽 꿀꺽

페트병 뚜껑

32

미이라의 이름은 미이 군이 되었습니다.

제4화 엥, 목욕도…?!

수분 보급도 완료!

이름 좋고!

바둥
바둥

밥은 어쩌지…!!

아무것도 주지 않으면 말라 버릴 것 같았습니다.

그렇지만 가장 큰 문제가 남았네….

킁킁

아으

…라고 해도 미이라는 뭘 먹지?

냠냠 쩝쩝

와구 와구 냠냠 쩝쩝

빤-히

미이 군 것은 지금 가져올게.

무지하게 쳐다 보네….

음, 양배추랑 오이랑…

토마토는 얼룩질 거 같으니까 패스….

어쨌든 이것저것 조금씩 먹여 보자.

드르륵

우물
우물

개 사료

냠냠

서걱
서걱
서걱

잠깐,
그거
개 사료
…!

그렇다고
개 사료만
먹은 건
아닙니다.
곤약이랑
사과도
먹었답니다.

목욕 타임

안절부절

두근 두근

있잖아, 너 정말로.

뜨거운 물이나 찬물 안에 들어가도 괜찮은 거야?

끄덕 끄덕

정말로 괜찮은 거지?

이집트에서도 탕에 들어가 본 적 있는 거지?

아깐 물에 빠져서 위험했잖아.

붕붕

끄덕 끄덕

….

그래,

그럼….

참방

둥둥

미이라인데…?

……
……

…물에
뜨는 거야?

괴…
굉장하다….

끄덕
끄덕

이상하네….
미이라라면
그 뭐랄까….
물 같은 것과는
상극이란
이미지가 있는데.

그렇지만
세상에는
인간을
좋아하는
마귀할멈도
있고,

가난뱅이를
좋아하는
산신령도
있으니까.

헤엄치는
미이라가
있어도
이상할 건
없지.

참방 참방 참방

….

미이 군,
이쪽 넓은
욕조 안으로
들어와
볼래?

헤엄치는 거
좋아하는데
좁은 데에만
있으면
불쌍하니까.

이리 와,
씻겨 줄게.

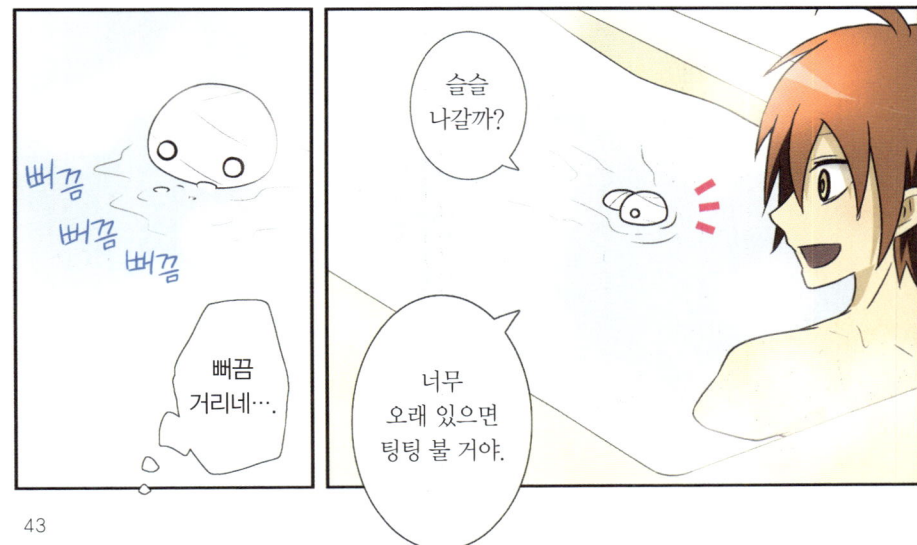

통통

으악, 어떻게 된 거야! 이 몸뚱이는 …?!

참방

목욕도 했겠다, 이제 가서 잘 준비를 ….

완전 통통 하잖아!!

탱글

이건 설마 물풍선?!

앙증

다행히 말렸더니 원래대로 돌아왔습니다.

하아… 하아…

당황 했다…! 엄청 당황했어 …!

허둥 지둥

짜, 짜도 되는 거야?!

?

당황 당황

탱탱 퉁퉁

음!

아버지한테 연락이 왔구나.

제5화 친구와 미이라

카에데 씨 아버지가 미이라를…

기다려, 소라!!! 금방 끝나니까!!!

*카에데 씨는 아버지의 여동생입니다

다행이네. 카에데 씨도 기뻐했겠다.

그게…, 카에데 씨는 지금 마감에 쫓기고 있어서….

그게 말야, 타즈키! 이번엔 이상하지 않았어!!

아버지가 이상하지 않은 걸 보내다니, 오히려 무섭지 않아?

확실히 무섭군…. 무언가 목적이 있는 것 같은데….

또 이상한 걸 보내 주셨어?

뭘 보내셨는데?

뭐, 뭐가 됐든 이상한 게 아니라면 다행인 거 아니야?

음,

이렇~게 작은 미이라!

…그게 이상하지 않다고?

보러 올래?

그래… 말 나온 김에…

작은
미이라
라….

응,
엄청 작아.

타즈키도
깜짝
놀랄걸?

배도
통통하고
전혀 미이라
같지
않거든….

정말
재미있는
미이라야.
"왈" 하고
짖기도
하고.

그것참
상상이
안 가네….

미이라가
짖는
다고…?

으아아

진짜
미이라처럼
되어
버렸다!!!

시들

쏴아

톡

주르륵

시들시들

뭐야?!
미이 군,
대체
어떻게
된 거야?

원래
저렇게
생긴 줄
알았네…

타즈키!
미이 군
좀
봐줘!!

말똥

말똥

알았어.

붕대
안이
궁금
하군…

잠깐, 카시와기.
여러모로
이상한 느낌이
드는 건
내 기분
탓인가…?

다행이다,
돌아와서.

탱글

빵빵

뜨거운 물에서 헤엄치거나 개 사료를 먹기도 하지만.

정말로 미이라 맞아?!

이거 정말로 미이라 맞아?

미이라야.

말똥 말똥

내 친구 타즈키야.

잘 부탁해.

부들 부들

떨고 있네….

살짝

자, 미이 군.

그렇게 말하니, 또 그런 거 같기도….

이런 미이라도 있는 거 우리도 아닐까? 미이라 보는 것도 처음 이잖아.

미안, 타즈키.

왜 이러 지…!

….

꽈악

도망

어라…?

잠깐만 기다려. 포장해 줄게.

그동안 미이 군 좀 봐줄래?

빤히...

이 몽블랑 네가 만든 거야?

응, 호박 몽블랑 이야.

빤히~

↑ 꿈틀꿈틀거리는 게 엄청 신경 쓰임

?!

빤히——

몇 개 가져갈래? 많이 만들었 거든.

← 가까이 가 볼까 말까 고민 중

정말? 고마워.

덜덜

아무래도 이 사람에게 잡아 먹힐 것 같습니다.

....

제6화 붕대 안이 보고 싶어

그렇게 겁먹으면

군질

점점 더 건드리고 싶어지는데.

싱긋

바둥 바둥

말캉

우아…, 진짜 부드럽네.

주물 주물

붕대 매듭이 좀처럼 보이질 않네.

퍽

야! 너 지금 뭐 하는 거야?

그 틈을 이용해 도망침

대체 붕대 안에 뭐가 있는 거야?

주물 주물 주물

주물 주물 주물

고마워, 타즈키. 미이 군이랑 놀아 줬구나?

아~

자,
이거.

사과도
먹는 거냐?

햄스터?

그걸
미이 군에게 주면
화해할 수
있지 않을까?

고마워.

개 사료
…!

쪼르르

오…

….

사각 사각

미이 군이야.

이 녀석 이름이….

그렇구나.

개 사료 먹을래?

….

미이.

제7화 한눈팔아서

딩―동―
댕―동―

응,
미이 군이
걱정돼서.

그래.

부시럭

타즈키,
오늘
부활동 가?

어….
넌 벌써
집에
가는 거냐?

자,
이거!

응?

툭

미이 군 혼자서 괜찮았을까?

계속 마르면 학교에 데려가야 될 테고….

부활동 끝나면 온다고 했지….

노트 베끼기 전에 저녁밥 해 둬야지.

철컥

다녀왔습니다.

시들..

미이 군!!

아무래도 학교에 데려가게 될 것 같습니다.

음…, 뭔가 좀 부족하네.

마늘을 좀 넣어 볼까?

미이 ...은…

사각 탁♪
사각 탁♪

사각♪
탁♪

좋아! 괜찮은 것 같아.

휘

이대로 놔두면 미이 군이 바닥에 부딪히고 말 거야!!

미이 군이 떨어졌습니다.

다이빙

제8화 미이 군의 주인

캐치 하고

있는 힘껏 몸을 날리면 미이 군을 무사히 구할 수 있지만

바로 그 앞엔 벽이 있다.

있는 힘껏 점프!

캐치!

데구루루

그렇다면!!

슈

평범한 점프!

하지만 평범하게 점프 한다면 내 손이 닿을 때쯤엔 아마도

미이 군은 이 위치에 떨어지겠지.

철퍼덕

미이 군 필터

짜악

아…,
미이 군이랑
같이
떨어진 게

찌릿
찌릿

미이 군….
괘… 괜찮아?

아,
자세히 보니
바닥에도
떨어져
있네.

사사삭

사악

오이
였구나.

아무렇지 않게 받아내 쥐고 있어음

죄송해요
죄송해요

힝

혹시
오이를
잡으려고
했던 거야?

어랏
어랏

내가 널 좀 더 잘 돌봤어야 하는 건데.

툭
툭

아니야. 나야말로 미안해.

크흣

하지만 뛰어내리는 건 위험하니까 앞으로는 하지 마. 알았지?

쓰담 쓰담

와! 장난 아니게 부벼대네…!

부빗 부빗 비비적 비비적

부빗부빗이 여느 때보다 훨씬 열정적인 듯한 느낌이 들었습니다.

에이~, 이제 그만 뚝!

일반적인 시점

울지 말라고, 베이비~!

미이 군의 시점

샤랄 라~

돕고 싶었어

저녁 준비
다 했으니
타즈키 필기
베껴야겠다

그렇게 꼬깃꼬깃 구겨 버리면 안 된다고! 이거 타즈키 거란 말이야….

야, 잠깐. 안 돼!!!

도와주려고 하고 있음

음…

왜 그래? 미이 군도 책장을 넘기고 싶은 거야?

끄덕끄덕

일반적이지 않은 사람

너 지금 그거 거꾸로 들었거든….

어?

타즈키, 미안! 어느샌가 미이 군이 노트를 이렇게 꼬깃꼬깃 구겨 놨지 뭐야….

아… 난 괜찮아. 신경 쓰지 마.

읽을 수 있기만 하면 되지, 뭐

내일도 말라 있으면 학교에 데려가야겠어.

하하, 농담이지?

…혹시 얘 또 말라 있었어?

응….

제9화 **인형인 척하기**

슬쩍

응….

4일 연속으로 말라 있었거든.

소곤…

너 설마설마 했는데 진짜 데려온 거냐…?

그랬군…. 어찌 됐든 들키지 않게 조심해라.

고마워.

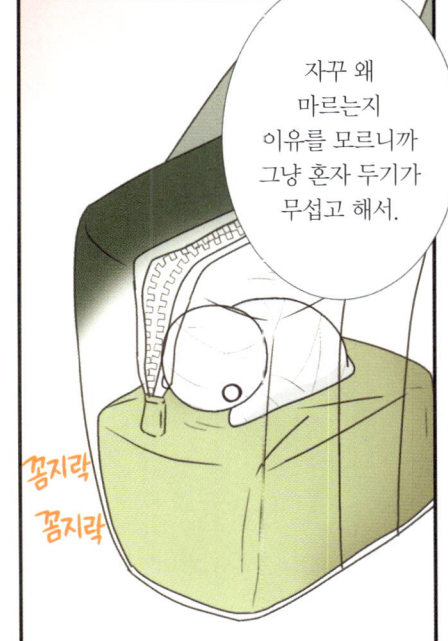

자꾸 왜 마르는지 이유를 모르니까 그냥 혼자 두기가 무섭고 해서.

꼼지락 꼼지락

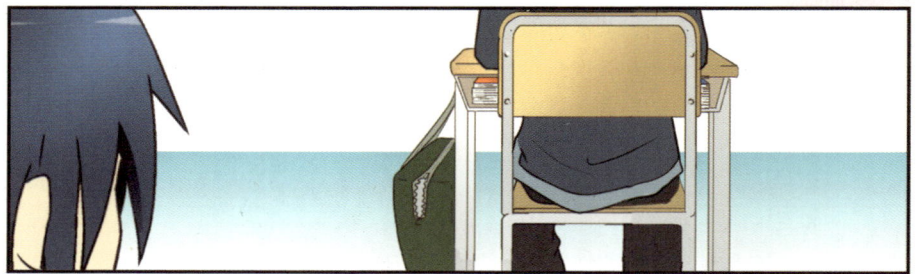

빠

꾸욱

힘내라,
카시와기….

예절 교육

끄덕

미이 군.

얌전히 있기로 약속 했잖아?

벌떡

넙죽

쿵

네가 얌전히 있지 않으면 앞으로 학교에 데려오기 힘들어.

너 혼자 집에 있다가는 또 말라 버릴 텐데, 그래도 좋아?

절레 절레

푸핫

괘…
괜찮아?

찌릿 찌릿

……
…….

↑
사과하려다 부딪힘

앗
아차….

? ?

당근! 채찍!
잘~ 참는 법
헉
이런, 첫까지?

예절 교육
이라면
내가 할게.

나한테
맡기면 아마
완벽할 거다.

아무튼
안 되는 건
안 되는 거야,
미이 군.

약속은
약속
이니까….

으…,
목소리가
떨리네.

아, 그게
무슨
교육이야!!

실어
실어

힘들겠다,
카시와기.

끄덕

시무룩…

아, 그런 거야? 미이 군?

미안…. 거기까진 생각 못했어….

그것도 모르고 꾸중만 했네…

절레 절레

어쩌면 가방 속에 있는 게 너무 답답한 거 아닐까?

통로쪽에 걸어 두면 발에 차일 테고….

책상 속이 더 낫지 않겠냐?

사락 사락

그런데 미이 군, 네가 움직이는 걸 누가 보기라도 하면 그땐 정말 큰일 날 거야.

집 밖에서는 인형인 척 가만히 있겠다고

다시 한번 나랑 약속해 줄래?

꼭

고마워, 미이 군.

책상 안에 미이 군이 있을 만한 공간을 만들어 줄게.

거기에 있어…

너 정말 남 뒤치다꺼리 하나는 끝내 준다….

나 같으면 책상 속에 대충 처박아 둘 텐데

94

재채기

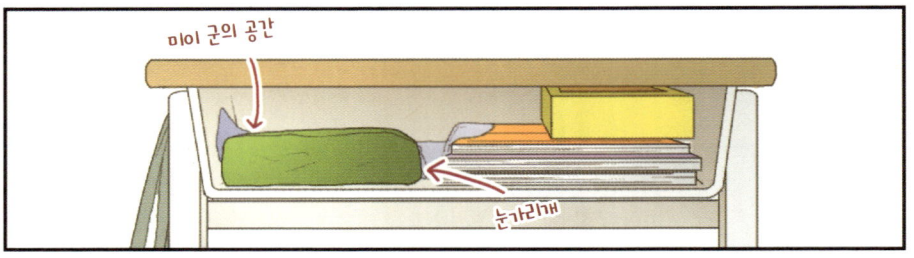

미이 군의 공간

눈가리개

와~, 이거 CG지?

꽤 잘 만들었네.

아니, 아니! 진짜야, 진짜!

나 어제 이상한 생물체를 봤다!

아, 그리고 보니 말이야!

좋았어. 이제 미이 군을 여기에 둬야지….

어?

자, 봐 봐! 이거!

글쎄, 얘가 우리 집 뒤쪽에 떨어진 귤을 먹고 있는 거야!

콕콕

덜덜

왜 그래? 일단 한번 꺼내 볼까?

덜덜덜

혹시 미이 군 지금 웅크리고 있는 건가…?

어…, 방금

재채기….

에췩

그거 소라 네 거야?

모… 모테기….

언제 온 거지…

아…, 응. 선물로 받은 거야….

우아~

그거 뭐야? 미이라 인형이야?

되게 귀엽다!

!!

설마…

조마 조마

아까 그 재채기 소리는 못 들었 겠지?

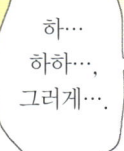

하… 하하…, 그러게….

인형을 학교에 가져오다니 카시와기 자네도 안 되겠구먼, 그려.

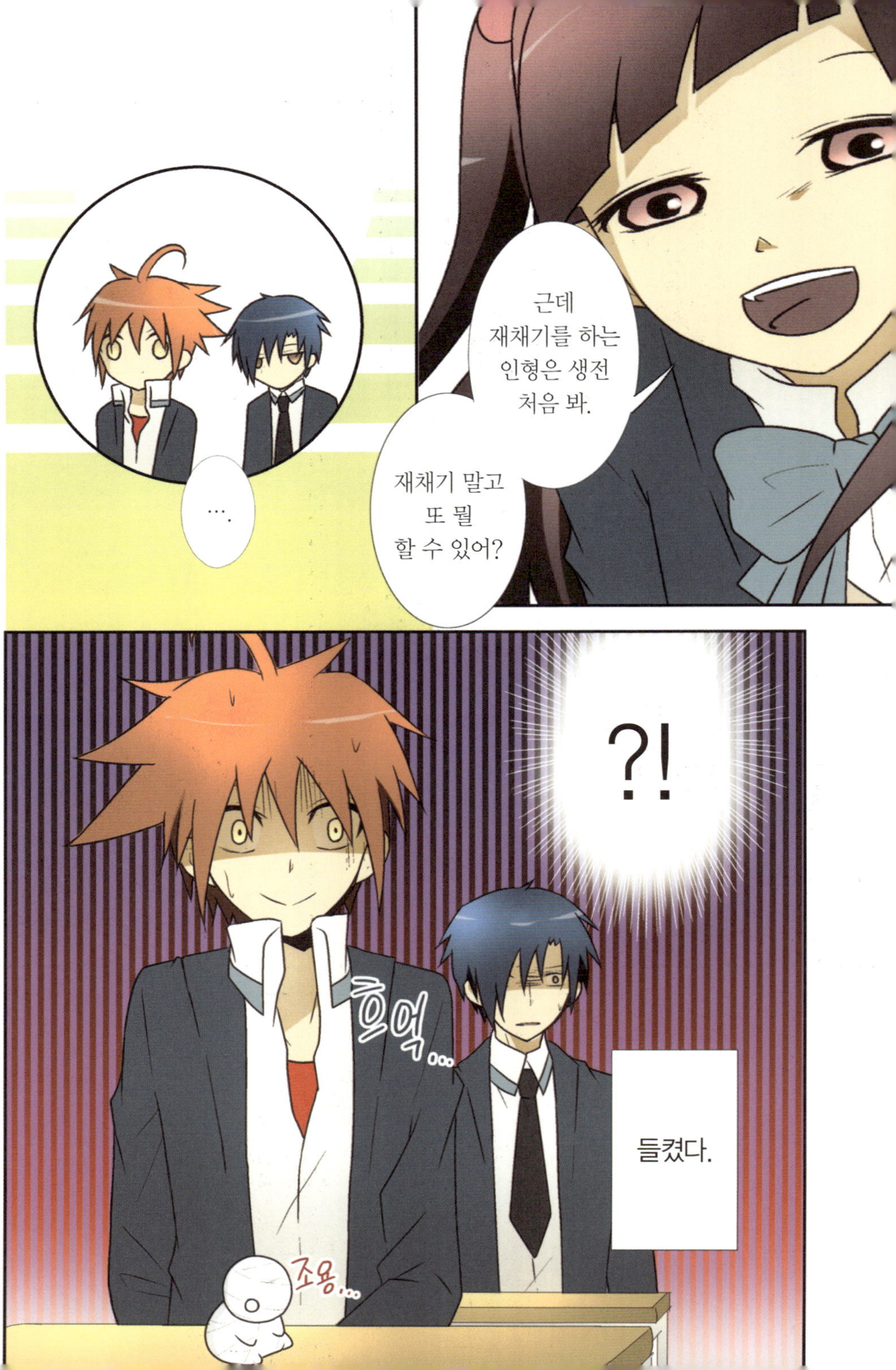
근데 재채기를 하는 인형은 생전 처음 봐.
재채기 말고 또 뭘 할 수 있어?
….
?!
흐억…
들켰다.
조용…

위험해.

다 본 것 같다.

재채기 하는 인형은

생전 처음 봐.

제10화 사라진 미이 군

아…! 재채기?

아마 내가 한 걸 잘못 들은 게 아닐까?

확

재채기가 자꾸 나와서 진짜 죽겠다니까….

콜록 콜록

카시와기… 그건 재채기가 아니라 기침이라고, 기침….

아, 정말? 괜찮아?

요즘 자꾸 재채기가 나와서 말이야….

에취

취

에취 에취

에 취

? ?

설마 거기서 재채기를 할 줄이야….

아…, 정말 위험했어….

상대가 모테기였으니 그나마 다행이었지.

대충 잘 넘어갔네….

그래도 다들 인형인 줄 아는 것 같으니 다행이야~.

꺄~ 꺄악 짱 귀엽다~

결국 다른 애들도 미이 군에 대해 알아 버렸지만 말이야.

…?

….

휘

타즈키!
다음 수업
농구래!
…어.
소곤…
카시와기.
미이는 지금
어디에 있냐?
지금
이 주머니
속에 있어.
교실에
혼자 두기엔
너무
걱정돼서.
가만히…
소라의
손수건
핫팩
……….
그 주머니,
농구할 때
허리에 차고
있으면
안 되냐?
통 통 통
그랬다간
미이 군이
죽어
버릴걸?!

교실에 있을 때도 이쪽을 뚫어져라 보고 있었어.

꺼림칙...

아까부터 뭔가 마음에 걸린단 말이야.

그 눈빛...

농구 농구 농구 농구 농구 농구 농구 농구

저기, 카시와

기....

아차, 그렇지.... 이 녀석은 체육 시간만 되면 완전 들떠서 말릴 수 없단 말이야....

나중에 타즈키는 '체육 시간의 카시와기만큼 도움이 안 되는 것도 없다'고 절실히 깨닫게 됩니다.

이렇게 하면 딱 좋지 않냐, 카미야?
아니…, 아무리 그래도 이건 좀 그렇지….
앗
확
아! 그렇게 하면 패스를 못 하겠구나! 그럼 한 명만 카시와기 팀에 줄게!
이게 말이 되냐! 농구 를 좀 지키면서 하자!
괜찮은 것 같네.
시합 시작~♥
타즈키!!
끄적
끄적
끄적
끄적
탁
팀 인원이 늘어난다
↓
그만큼 내게 여유가 생긴다
↓
카시와기는 농구에 열중
↓
미이에게 신경 써 줄 사람이 나밖에 없는 상황
↓
여유가 생기면 미이에게 신경 쓰면서 농구를 할 수 있다
?

여유는커녕 힘들어 죽을 뻔했네.

그러고 보니 미이는 잘 있나…?

85 0

털 ─── 썩

카시와기, 너 농구부 다시 들어와라!

아, 그건 좀 곤란한데….

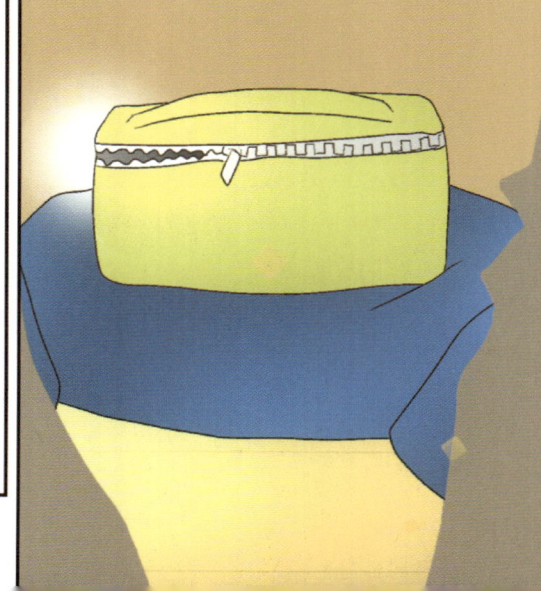

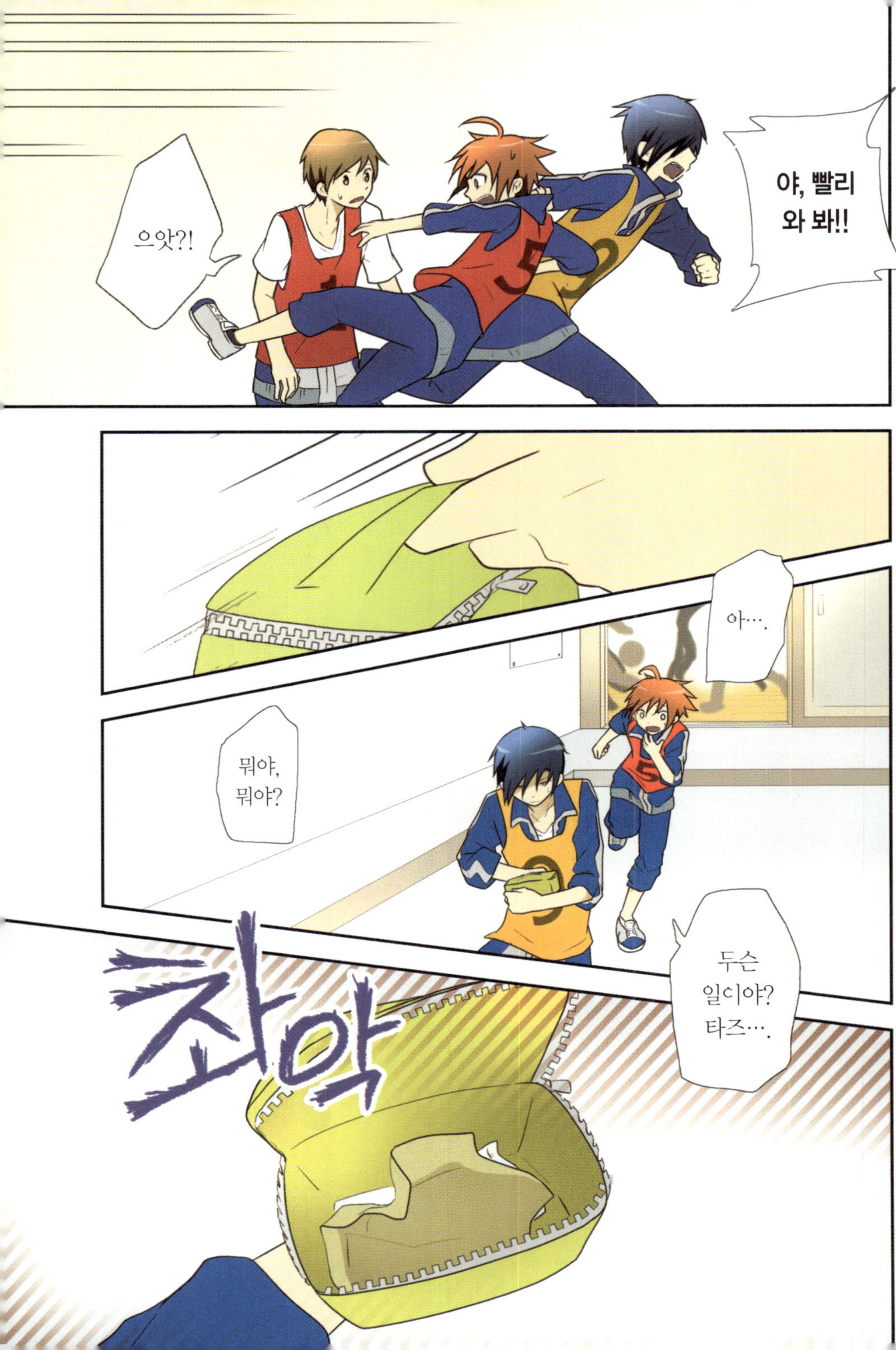
야, 빨리 와 봐!!
으앗?!
아….
뭐야, 뭐야?
두슨 일이야? 타즈….
좌악

없어졌어…!

미이 군이
없어졌다.

우리 반에 그런 짓을 할 녀석이 진짜 있을 거라고 생각해?

당연히 있지! 넌 남을 너무 믿어서 탈이야!!

시끌 시끌

...

씨익

스윽

턱

어쨌든 난 근처를···.

오카모리, 그거 나한테 진짜 소중한 거거든.
갖고 싶으면 다음에 똑같은 거 갖다 줄 테니까….
아, 거 되게 시끄럽네!
그럼 이게 네 거란 증거를 대 봐! 이 자식아!!
!!
꽈악
말캉
으악!!!
흠칫

내 걸
어떻게 다루든
그건
내 맘이지.

어이
없음

나 원 참…
너희들
대체 뭐냐.

……

…윽

꾸욱

그 인형
원래
카시와기
거잖아.

빨리
내놔.

적당히
해라.

…윽.

앗…!

선생님!

휙

네~이~놈~들~

감히 내 수업 시간에 땡땡이를 치다니 배짱 한번 좋구나. 그렇지?

양호실 좀 다녀와도 될까요?

저 아까부터 몸이 좀 안 좋아서 그러는데….

선생님!

방금 화장실도 갔다 왔는데 속도 안 좋고 너무 힘들어서요….

?!

어, 그래. 다음 수업 선생님께도 그렇게 전하마.

감사함돠.

윽, 안 돼…!

오~카
모~리
군 ♥

딩~동~
땡~동~

잘 가~

내일 봐~

통 통

기다리게
해서
미안.

주고
싶다는 게
뭐야?

시즈루!

타타타탓

아…, 응.
그럴 것
같았어.

그거 너
가져….

꺄~!
귀엽다 ♥

시즈루는
인형
완~전
좋아해!

정말?
고마워!

힘든 일 있을 땐 서로 도와야지. 안 그래?

고마워~

든든해~♡

미안, 모테기.

고재 옮기는 거 부탁해서….

아냐, 괜찮아!

우아! 되게 말랑말랑 하다.

그것도 들어 줄까?

고마워! 근데 이건 내가 들게.

HR이 끝나자 마자 도망 치다니!

아직 학교에 있겠지?!

그 무렵 두 사람

빨리 찾자!!

…어?

저 인형.

안에 솜이 들었나?

곡곡

인형이니까 솜이겠지?

타즈키, 넌 여기서 잠복 좀 해 줄래?

제12화 **평화라니, 그게 뭔데!**

휴대폰 없음

난 저쪽 한번 찾아보고 올게….

알았어. 오카모리가 오면 너한테 연락을….

아!

휴대폰 좀 사! 연락할 방법이 없잖아!

너무 비싸단 말이야 …!!

네가 준 이 원앙새 목걸이에 대한 답례야.

살금...

정말 고마워, 오카모리 군.

철푸덕

앙

시즈루~, 내가 준 인형 떨어트렸잖아. 조심 좀 하지.

미안~.

여자 친구에게 주려고 훔치다니….

게다가 저건 원앙새가 아니라 오리너구리잖아.

조마 조마

아, 진짜…. 저렇게 꽉 움켜쥐면 미이 군이 터져 버릴 텐데….

귀여워서 그만

아는 애야?

음... 전에 몇 번 얘기해 본 적 있는 정도야...

4반의 아마이즈미 시즈루.

오카모리랑 사귀고 있나 보네.

아, 기억하고 있구나?

고마워

아! 너 2반의 카시와기 군 맞지!

아마 이즈미.

저기..., 아마이즈미

그 인형 말인데....

아, 이거?

응!

무지 귀여워♥

귀엽지?

좀 전에 받았지롱♥

뻑

누가 미이 군을 칭찬하기만 하면 자동으로 반응해 버립니다.

미안, 미안! 나도 모르게 그만!

장단 맞추는 것도 정도가 있지!

거기서 맞장구나 치고 있을 때가 아니잖아!!

?

설 명

난 분명 오카모리에게 '빌려준 거' 였는데

그녀석이 그만 착각하고 갖고 가 버렸지 뭐야.

제대로 설명하려고 했는데 상대를 안 해주더 라고….

이마이즈미, 그 인형말인데 사실 내 거야….

꼬옥...

....

이마이즈미 너라면 얘기가 통할 것 같아.

그 인형 나한테 진짜 소중한 거라 좀 돌려줬으면 좋겠는데….

못 줘! 나한테도 소중한 선물이란 말이야.

너…, 못됐어.

나한테 왜 그렇게 말하는 거야?

네가 빌려준 거라고? 오카모리는 이거 산 거라고 하던데?

…

뭇 묶어

푹

솔직히
얘기하고
찾아오는
수밖에
없지….

왝

어쩌지?
을 것 같은데….
마치 내가
나쁜 짓이라도
한 것 같은
기분이….

그렇다고
되돌릴 수도
없잖나….

그럼
'오카모리가
훔쳤다'고
말해? 왠지
그건 좀
그런데….

아.

잠깐,
이마이즈미.

내 얘기 좀
더 들어 봐.

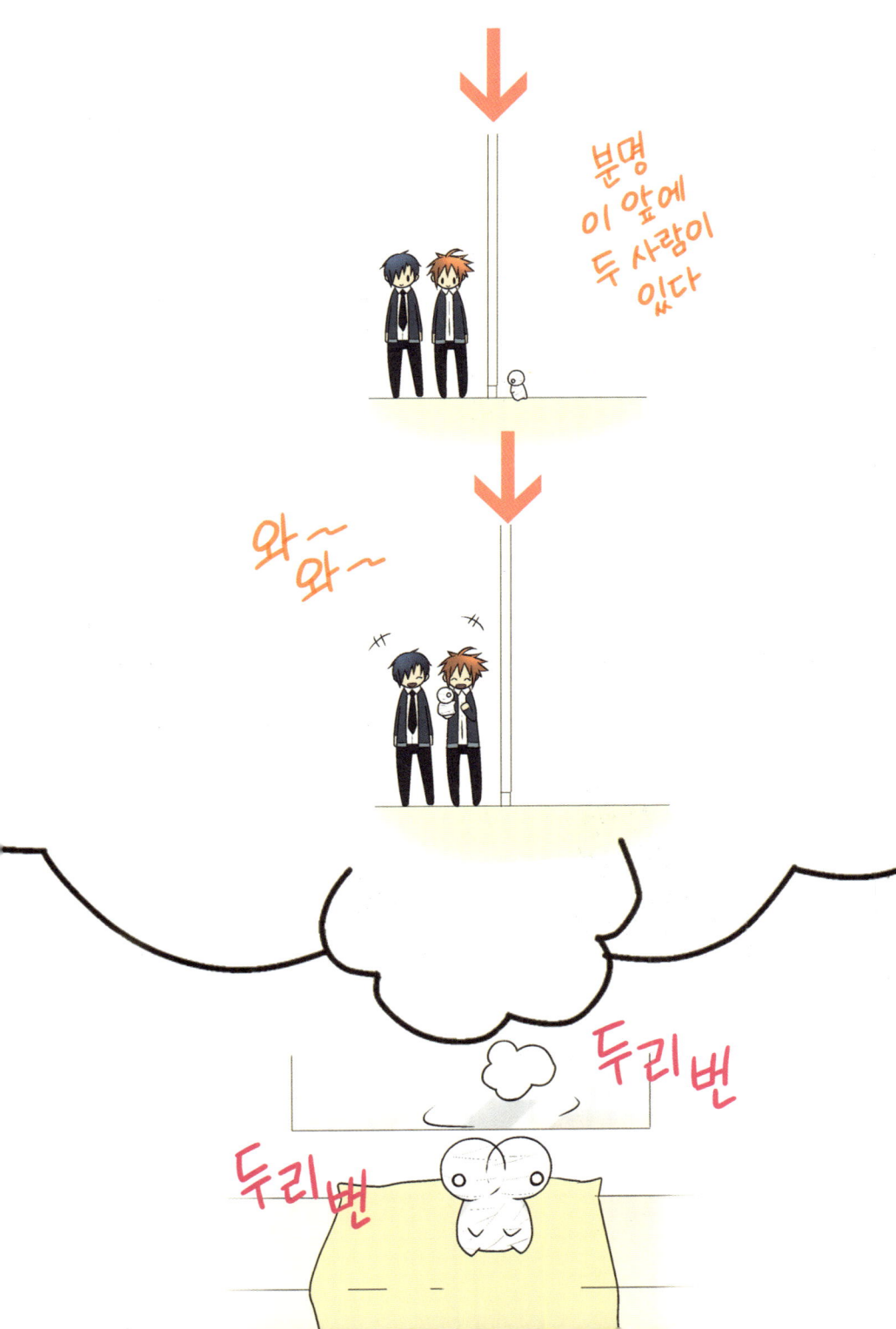

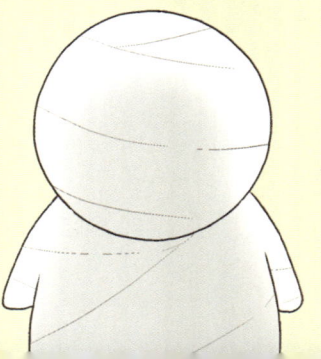

〈미이라 사육법〉 2권으로 이어집니다.

단행본 특별 번외편

으앙

타
타
타
타
타

부스럭
부스럭
폴짝

난 청소하고
있을 테니까.

….

같이 있고
싶은 거야?

미이 군이
있는 일상

꼬옥

일상의 장난감

실례 합니…,
?!
헉
너….
?
왜?
딸랑
어?!
웃음을 참고 있다
…
잘 어울리네.
놀리지 마라
근데 프릴이 더 많은 게 좋지 않아?
하나도 안 웃겨.
엄청 비웃음 당했습니다.

쳇바퀴 타는 법

우연찮게 집에 있길래. 미이가 잘 쓸 것 같아서 말야.

고마워, 타즈키.

빤~

짜잔

앗, 쳇바퀴다!

꾹욱

아

오?

타탓

그런 일이
있고 나서

오오.

달각
달각
달각

아.

빤히

달그락
달그락

미이 군이
혼자
놀고 있다.

혼자
노는 걸
배웠지만

놀고
있어도 돼,
미이 군.

도리 도리

결국
소라 곁이
제일 좋은
미이 군
이었습니다.

NOTE BOOK

관찰 노트

미이 군용

How to keep a mummy
Kakeru Utsugi Presents

아빠가 보내 준 미이라.
이집트 생인가?

무슨 미이라일까….

신장 : 약 12cm
둘레 : 약 18cm
체중 : 175g

이름은
미이 군

계속 만지고 있으면
살짝 체온을 느낄 수 있다….

무척 차분하게
잴 수 있게 해 주었다.

1800 1900 0 100 200

차분한 성격이지만
외로움을 많이 타는지 계속 나에게 붙어 있다.
지금까지 아무런 해악도 끼치지 않고 있지만
아빠가 보내 온 소포 중에는
흉악한 '호두까기 인형'이라든가, 이상한 힘을 가진
'고케시'라든가 뭐 그런 전례가 있었기 때문에 좀 불안하다….

※고케시 : 몸통과 머리만 있는 일본의 목각 인형

미이 군이 온 지
3일째

되게 둥글어진 듯한 느낌이 들어서
다시 몸을 재 봤더니
몸통 둘레가 20cm로… ㅇㅇ
체중도 200g으로… ㅇㅇ
다이어트 시키는 게 좋을까?

(덧붙임:이게 평균인 것 같다)

미이 군이 들어 있던 관을
어디 두어야 할지 고민하고 있다.
이대로라면 포치의 침대가
되어 버릴 것 같다(웃음)

왜 이렇게
커다란 관에
들어 있었던 걸까?

음식 준비를
도와주고 있는
미이 군

미이 군이 잘라 준
작은 오이 조각은
크루통과 함께
샐러드에 넣었습니다.

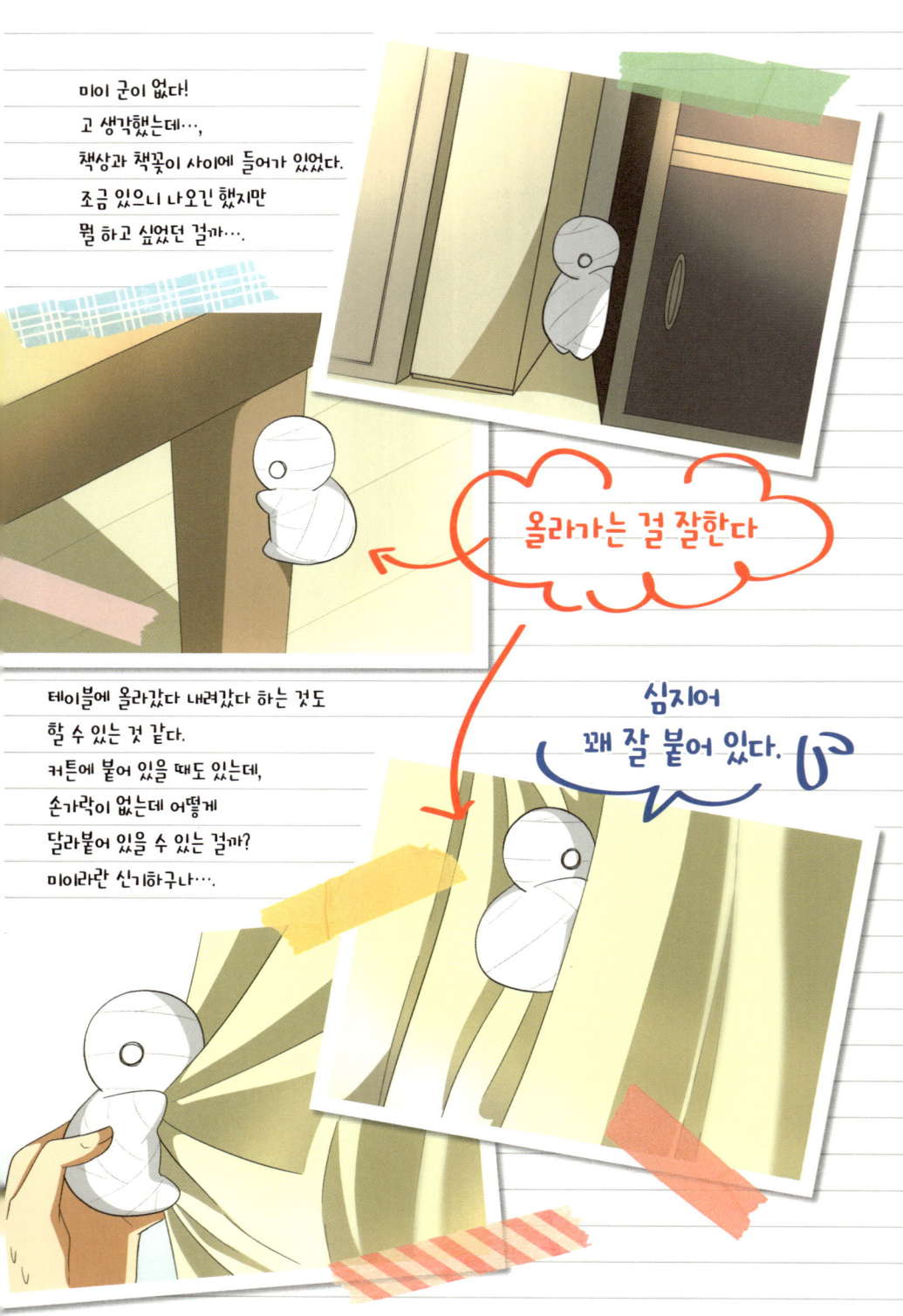

미이 군이 없다!
고 생각했는데…,
책상과 책꽂이 사이에 들어가 있었다.
조금 있으니 나오긴 했지만
뭘 하고 싶었던 걸까….

올라가는 걸 잘한다

테이블에 올라갔다 내려갔다 하는 것도
할 수 있는 것 같다.
커튼에 붙어 있을 때도 있는데,
손가락이 없는데 어떻게
달라붙어 있을 수 있는 걸까?
미이라란 신기하구나….

심지어
꽤 잘 붙어 있다.

타즈카가 찍어 준 미이 군의 사진
언제 찍은 거냐…

요즘 들어 빨래를 도와주는 미이 군.
손수건을 개는 것도
조금씩 잘하게 된 것 같다♪

빨래 속에
묻혀 있다(웃음)

물을 마시면 반들반들해진다.
학교에서 돌아오면 시들어 있는데
왜 시들어 버리는 걸까?
물은 제대로 마시고 있는 것 같은데….

11월 2일

아빠가 소포를 보냈다. 안에 들어 있던 것은 작은 미이라였다.

또 공격적인 물건이라면 곤란하므로 바로 이집트로 반송해야겠다고 생각했는데,

해를 끼칠 것 같지도 않고 너무 울어대니 조금 불쌍해져서 결국 돌보기로 했다.

미이 군이라는 이름을 붙였다. 포치가 옆에서 약간 질투하는 것 같지만 친해지면 좋겠다.

11월 4일

집에 돌아오니 미이 군이 시들시들해져 있어서 엄청 초조했다. 수분 부족이었을까…?

아빠가 함께 보내 온 편지에는 미이 군에 대한 설명도 없었을 뿐더러

모르는 게 너무 많아 어떻게 미이 군을 돌봐야 하는지 잘 모르겠다.

작은 아이 같으니 돌보면서 터득하는 수밖에 없다고 생각한다.

타즈키에게 미이 군을 보여 주니 흥미진진해 하면서, 붕대를 벗기려고 해서 화를 내 버렸다….

'미이라답지 않다'는 말을 하면서도 타즈키도 미이 군을 마음에 들어 하는 것 같다.

11월 7일

요리하고 있는데 미이 군이 바닥으로 떨어져서 정말 깜짝 놀랐다….

다음에는 제대로 보고 있자고 반성했다. 미이 군이 잘라 준 오이는 정말 예쁘게 잘려 있었다.

의외로 손이 야무진 것일지도 모르겠다. 엄청나게 열심히 해서 좀 귀여웠다.

그림책을 만들어 주면 무척 좋아하면서 잘 때까지 손에서 놓지 않고,

작은 것에도 기뻐하고 시무룩해 하니 계속 바라보고 있어도 질리지 않는다.

오늘도 또 시들시들해져서 다음 주부터는 학교에 데려갈 생각이다.

11월 10일

오늘은 미이 군을 학교에 데려갔다.

재채기를 했을 때는 불안했지만 미이 군도 나름 힘내서 인형 흉내를 내 주었다.

그래도 하루 종일 책상 서랍 안에 있는 건 좀 지루했을 것 같다.

뭐라도 좋으니 미이 군이 좋아할 만한 걸 생각해야겠다. 타즈키가 《사탕! 채찍! 능숙하게 주는 법!》이라는 책을 줬다.

타즈키 나름대로 마음 써 준 것 같긴 한데…, 타즈키는 가끔 바보 같은 면이 있긴 하지.

체육 수업에 미이 군을 파우치에 넣어서 데려갔는데 미이 군이 없어졌다.

농구에 너무 열중해 버려서 수업 중에 타즈키가 데려간 줄 알았는데….

타즈키가 미이 군을 찾는 것을 도와주기도 했고,

같은 반 친구 모테기가 "미이라 모양 인형을 봤어"라고 말해 준 덕분에 어떻게든 미이 군을 발견했지만….

쇼콜라마마 님
쇼콜라마마 패밀리 여러분

마이 패밀리~

Yagi 님
네기짱

아유토

콘노 씨
호리구치 씨
디자이너 님

독자 여러분

많은 분들이 지지해 주셔서
이번에 단행본을 낼 수
있었습니다.
정말 감사합니다.
앞으로도 정진하여
많은 분들이 재미있게
볼 수 있는 만화를
그려 나가고 싶습니다.
잘 부탁드려요!

미이라 사육법 ❶

ⓒUtsugi Kakeru/comico

1판 1쇄 인쇄 2017년 10월 25일
1판 1쇄 발행 2017년 11월 1일

지은이 | 우츠기 카케루
옮긴이 | 한국 코미코
펴낸이 | 김영곤
펴낸곳 | ㈜북이십일 아르테팝
미디어사업본부 이사 | 신우섭
미디어믹스팀 | 장선영 조한나 이상화 **책임편집** | 김미래
디자인 | 손봄코믹스 김원경 홍지은 이솔이
미디어마케팅팀 | 김한성 정지은 **해외기획팀** | 임세은 채윤지
문학영업팀 | 권장규 오서영 **제휴팀** | 류승은 **제작팀** | 이영민

출판등록 | 2000년 5월 6일 제406-2003-061호
주소 | (우10881) 경기도 파주시 회동길 201(문발동)
대표전화 | 031-955-2100 **팩스** | 031-955-2151 **이메일** | book21@book21.co.kr

(주)북이십일 경계를 허무는 콘텐츠 리더

아르테팝 채널에서 도서 정보와 다양한 영상 자료 , 이벤트를 만나세요 !
장강명, 요조가 진행하는 팟캐스트 말랑한 책 수다 〈책, 이게 뭐라고〉
페이스북 facebook.com/21artepop 포스트 post.naver.com/artepop
인스타그램 instagram.com/21artepop 홈페이지 arte.book21.com

ISBN 978-89-509-7235-6 04830
책값은 뒤표지에 있습니다.